# Bleuciel de Sagesse

**Marion Wolters**

Für die Leser, die alle meine Bücher gelesen haben

Pour les lecteurs qui ont lu tous mes livres

For those readers who have read all my books

# Teil 1

# 1ère partie

© 2020
Herstellung und Verlag: BoD – Books on Demand, Norderstedt
ISBN: 978-3-7526-4900-0

**Sie bekommen ein neues Leben geschenkt.**
**Wohin führt es Sie?**

**On vous donne une nouvelle vie.**
**Où vous mène-t-elle?**

*„Bleurevie" klingt es aus Bleuciel de Sagesse Haus mit dem hellblauen Schild auf dem „Sprachkomponistin" steht.*

*„Bleurevie" ist ein neues Wort, auf das Bleuciel de Sagesse gerade gestoßen ist. Mit ihrem Lachen gelangt das neue Wort in einen Text über die Farbe blau. Bleurevie befindet sich in einem Satz, indem gefragt wird, warum die Umrandung eines Wasserbeckens in dem südspanischen Garten einer Alhambra nicht wie üblich terrakottafarben, sondern blau ist. „Was für eine Wortart sind Sie?", fragt ein benachbartes Adjektiv bleurevie. Bleurevie kann die Frage nicht beantworten und wird vom langsam verhallenden Lachen Bleuciels behutsam in einen anderen Text getragen.*

*„Wo bin ich?", fragt sich das Wort und findet sich in einem sehr sinnlichen Text wieder, der sich mit einer politischen Rede abwechselt. Bevor das neue Wort in einem Comic landet, ruht es sich in diesem Text aus:*

*„Wenn Sie einen Ort suchen, an dem Sie niemand sein müssen, haben Sie ihn jetzt gefunden." Bleurevie findet sich in der Mitte verschiedener unbekannter Wörter wieder, mit denen es sich schnell bekannt macht und bei denen es für sein restliches Wortleben lang bleiben könnte, um sie wirklich kennenzulernen.*

*Bleurevie schaut sich im Spiel der Comicwörter an, in dessen Spiegel.*

*Das neue Wort verliebt sich in ein Comicwort, das auf dem Planeten Merkur geboren wurde und dort auch erwachsen geworden ist. Bleurevie schaut das Merkurwort an, nimmt jedoch keinen Kontakt zu ihm auf. Als es in einem Text gebraucht wird, ist bleurevie zum ersten Mal allein. Die blaue Steinumrandung sieht, wie bleurevie überlegt.*

*„Wie bin ich entstanden? Zu welcher Sprache, Wortart etc. gehöre ich? Gehört meine Bedeutung z.B. einer naturwissenschaftlichen Tradition an? Wenn ja, welcher? Was ist die Bedeutung von ‚bleurevie‘?" Bislang wurde es auch von seinem Wortschöpfenden nicht mehr beachtet. „Werde ich ein Okkasionalismus bleiben, weil ich erfunden und nur einmal gebraucht wurde, um eine sprachliche Lücke zu schließen? Oder schaffe ich es ein Neologismus zu werden, weil ich mehrfach verwendet und irgendwann in ein Wörterbuch aufgenommen werde?" Bleurevie beschließt sich Zeit zu nehmen, um die neue Welt kennenzulernen. Herauszubekommen, wie sich Texte bilden, das für Leser unsichtbare Leben der Wörter aus der Distanz kennenzulernen.*

*Weitere Fragen kommen wild durcheinander auf bleurevie zu: „Will ich mich den Regeln der Wortarten in den Texten und in den Satzstrukturen unterwerfen bzw. mit ihnen kooperieren? Oder möchte ich lieber nach meinen eigenen Regeln, vielleicht im Verborgenen leben und doch ein Okkasionalismus bleiben?*

Welche Kontexte passen durch meine Bedeutung zu mir?
Wie nähere ich mich Buchstabenkonglomeraten an? Auf
welche Weise verdichte ich Beziehungsgeflechte? Wie lasse
ich Verbindungen nicht zu? Wie stelle ich eine Distanz her
und wie verschiebe ich die Grenzen? Werde ich die Wahl
dies zu entscheiden künftig überhaupt haben? Möchte ich
sie haben?"

Wie in einem Comictext - obwohl bleurevie sich dort nicht
mehr befindet – sondert bleurevies Körper viele
Fragezeichen aus allen Stellen seines Wortkörpers ab.

*«Bleurevie», cela sonne comme la maison de Bleuciel de Sagesse avec la pancarte bleu clair sur laquelle est écrit «compositrice de langue»*

*«Bleurevie» est un nouveau mot sur lequel Bleuciel de Sagesse vient de tomber. Avec son rire, le nouveau mot entre dans un texte par la couleur bleue. Bleurevie se retrouve dans une phrase demandant pourquoi le bord d'un bassin dans le jardin d'une Alhambra du Sud de l'Espagne est bleu, et non de couleur terre cuite comme cela est habituellement le cas. «Quel genre de mot êtes-vous?» demande un adjectif voisin à bleurevie. Bleurevie ne peut pas répondre à la question et est lentement transporté dans un autre texte par le rire de Bleuciel qui disparaît lentement.*

*«Où suis-je?» se demande le mot, et il se retrouve dans un texte très sensuel, qui alterne avec un discours politique. Avant d'atterrir dans une bande dessinée, le nouveau mot se repose dans ce texte:*

*«Si vous êtes à la recherche d'un endroit dans lequel vous n'avez pas à être quelqu'un, vous l'avez trouvé maintenant. »Bleurevie se retrouve au milieu de divers mots qui lui sont inconnus, avec lesquels il se familiarise rapidement et auprès desquels il pourrait rester pour le reste de sa vie de mot pour vraiment apprendre à les connaître.*

*Bleurevie il se regarde dans le jeu des mots comiques, dans son miroir.*

*Le nouveau mot tombe amoureux d'un mot comique qui est né sur la planète Mercure et a grandi là-bas. Bleurevie regarde le mot de Mercure, mais ne prend pas contact avec lui. Lorsque quelqu'un a besoin de lui dans un texte, bleurevie est seul pour la première fois. La bordure en pierre bleue regarde bleurevie qui est en train de réfléchir.*

*Comment suis-je né? À quelle langue, type de mot, etc. est-ce que j'appartiens? Ma signification appartient-elle par exemple à une tradition du domaine de science naturelle? Si oui, laquelle? Que signifie «bleurevie»? Jusqu'à présent, il a également été ignoré par son créateur. «Vais-je rester un occasionnalisme parce que j'ai été inventé et utilisé seulement une fois pour combler une lacune linguistique? Ou vais-je parvenir à devenir un néologisme parce que je suis utilisé plusieurs fois et vais finalement entrer dans un dictionnaire»? Bleurevie décide de prendre le temps de connaître le nouveau monde. Découvrir comment les textes se forment, connaître à distance la vie invisible des mots pour les lecteurs.*

*Bleurevie se pose d'autres questions mesuraient: «Est-ce que je veux me soumettre aux règles des types de mots dans les textes et dans les structures de phrases ou coopérer avec elles? Ou préfèrerais-je vivre selon mes propres règles, peut-être en secret, et rester un occasionnalisme?*

*Quels contextes me correspondent, vu ma signification?
Comment puis-je me rapproche les conglomérats de
lettres? Comment puis-je comprime mon réseaux de
relations? Comment puis-je ne pas permettre les
connexions? Comment puis-je établir une distance et
comment repousser les limites? Aurai-je même le choix de
décider à l'avenir? Et est-ce que je le veux?*

*Comme dans un texte comique (bien que bleurevie ne s'y
trouve plus), de nombreux points d'interrogation émanent
de toutes les parties de son corps de mots.*

**Weil ein Wort mehr ist als ein Wort**

**Parce qu'un mot est plus qu'un mot**

## „Konnotationen – Irritationen – Konfusionen – Konsultationen",

sagt Cederic und schreibt die Wörter mit einem abwaschbaren Stift auf die Brust seines Freundes Antoine. Sie lachen. Der Tänzer setzt sie künstlerisch auf dem Balkon um. Cederic schaut ihm zu und überlegt, in welchem Zusammenhang sie mit dem Wort „Veränderung" stehen. Seine Konnotationsdefinition steht wenige Minuten später auf einem T-Shirt, das er über einen viereckigen Spiegel hängt. Er betrachtet die Wörter aus der Distanz.

Auf einen runden Spiegel schreibt er, wie „Veränderung" in den Ländern Tunesien und Belgien, in denen er gerade lebt, wahrgenommen wird. Antoine tanzt die argentinische Variante des Begriffes und dessen Konnotationen, die Cederic auf einen weiteren Spiegel geschrieben hat.

Cederic bedenkt die Nebenbedeutungen, die Argentinier mit dem Wort „Veränderung" verbinden.

Er erinnert sich auch an die individuellen Konnotationen des Wortes, die er durch Interviews herausbekommen hat. Cederic hat dies für viele andere Länder der Erde getan, um mit seinen Recherchen eine linguistische Grundlage für ein Botschafterevent in Südspanien zu erhalten, das „Veränderung" thematisiert hat. Er stellt ein Wortfeld zu diesem Thema zusammen, recherchiert die aktuelle politische Situation der teilnehmenden Länder, studiert die Lebensläufe der Redner, antizipiert die Auswahl der Themen, die Fragen des Publikums, die Antworten der Redner und stellt Begriffe zusammen, die er aus diplomatischen Gründen nicht verwenden wird.

Antoine nimmt den runden Spiegel, stellt ihn auf den Boden und bindet ihn in seine Performance ein. Er schaut sich Cederics Wörter an, übersetzt sie in einen dazu passenden Musikstil und setzt sie erst dann tänzerisch um, wodurch seine Kunst eine zusätzliche Qualität erhält. Antoine interpretiert Wörter ausführlich und umfassend, wodurch er ihnen Schärfe oder Unschärfe verleihen oder nehmen kann.

Cederic vergleicht Antoines Übersetzungsgeschwindigkeit mit seiner Geschwindigkeit als simultaner Sprachmittler. Er entdeckt, dass die Offenheit und Unvoreingenommenheit, mit der sich Sprachmittler auf ihr jeweiliges Gegenüber einstellen, ähnlich der der Tanzenden ist, wenn sie eine Idee in die Realität umsetzen.

Der Veränderungstext, den die Autorin Bluette als Haupttext für das Botschafterevents geschrieben hat, beschreibt seine Rolle auch in dieser Hinsicht. Zudem kann er sich mit dem Gedanken, niemand zu sein und nur seine Tätigkeit auszuüben bzw. an manchen Tagen vollkommen in ihr aufzugehen und eins mit ihr zu sein, sehr gut identifizieren.

„You want to be
unseen
in the scene",

erkennt Cederic Antoines Allegorie, als er ihm eine winzige Reiswaffel, die mit Dulce de Leche, einer lateinamerikanischen

Spezialität bestrichen ist, auf einem übergroßen Wandspiegel reicht, so dass sie kaum sichtbar ist (nearly unseen in the scene).

Cederic fühlt sich verstanden und lacht mit Antoine die Anstrengungen der letzten Stunden weg.

Er hat erfahren, dass seine Auftraggeber sogar die Konnotationen übersetzen lassen wollen. Ungewöhnlich, unüblich, unmöglich? Wie würde man die Konnotationen angemessen berücksichtigen und erreichen, dass sie die Anwesenden unmittelbar in Ihrer Ganzheit erreichen?

Durch die geöffnete Balkontür betritt jemand wie aus heiterem Himmel den Raum. Es ist Bleuciel de Sagesse.

**«Les connotations - les irritations - les confusions - les consultations»,**

dit Cederic et écrit les mots sur la poitrine de son ami Antoine avec un stylo de couleur lavable. Ils rient. Le danseur les met en œuvre de manière artistique sur le balcon. Cederic le regarde et s'interroge sur leur contexte avec le mot «changement». Quelques minutes plus tard, sa définition de la connotation est sur un T-shirt qu'il pend au-dessus d'un miroir carré. Il regarde les mots à distance.

Sur un miroir rond, il écrit comment le «changement» est perçu en Tunisie et en Belgique, les pays dans lesquels il vit actuellement. Antoine danse la version argentine du terme et de ses connotations que Cederic a écrit sur un autre miroir.

Cederic considère les connotations que les Argentins associent au mot «changement».

Il se souvient également des connotations individuelles du mot qu'il a découvertes lors d'entretiens.

Cederic a fait cela pour de nombreux autres pays du monde afin d'obtenir, grâce à ses recherches, une base linguistique pour un événement d'ambassadeurs dans le sud de l'Espagne ayant pour thème le «changement».

Il compile un champ de mots à ce sujet, fait des recherches sur la situation politique actuelle dans les pays participants, étudie les curriculum vitae des orateurs, anticipe le choix des sujets, les questions du public, les réponses des orateurs et assemble des termes qu'il n'utilisera pas pour des raisons diplomatiques.

Antoine prend le miroir rond, le pose sur le sol et l'intègre à sa performance. Il regarde les mots de Cederic, les traduit dans un style de musique approprié et les fait ensuite danser, donnant ainsi à son art une qualité supplémentaire. Antoine interprète les mots de manière détaillée et exhaustive, et peut ainsi leur conférer ou leur retirer leur précision ou leur imprécision.

Cederic compare la vitesse de traduction d'Antoine à sa vitesse comme médiateur linguistique simultanée. Il découvre que l'ouverture et l'impartialité avec lesquelles les médiateurs linguistiques s'adaptent à leurs interlocuteurs respectifs sont similaires à celles des danseurs lorsqu'ils concrétisent une idée.

Le texte de modification rédigé par l'auteur Bluette comme texte principal de l'événement d'ambassadeurs décrit également son rôle à cet égard. De plus, il arrive très bien à s'identifier à l'idée de ne pas être quelqu'un et de simplement faire son travail ou, certains jours, d'être complètement absorbé et de ne faire qu'un avec lui.

«You want to be
unseen
in the scene»,

Cederic reconnaît l'allégorie d'Antoine alors qu'il lui tend une minuscule gaufre de riz recouverte de Dulce de Leche, une spécialité latino-américaine, sur un miroir mural surdimensionné de sorte qu'elle est à peine visible (nearly unseen in the scene).

Cederic se sent compris et, avec Antoine, il se moque de la tension des dernières heures.

Il a appris que ses clients veulent même faire traduire les connotations. Insolite, inhabituel, impossible? Comment prendre correctement les connotations et réussir qu'ils atteignent immédiatement les personnes présentes dans leur intégralité?

Quelqu'un entre à l'improviste dans la pièce par la porte ouverte du balcon. C'est Bleuciel de Sagesse.

**Werden Sie Ihr einzigartiges Talent entdecken?**

**Allez-vous découvrir votre talent unique?**

Bleuciel hat gerade einen Tag begonnen, an dem der Gedanke an die letzte Nacht ihre Sprachkompositionen durchgehend begleiten wird. Während sie den Veränderungstext, den sie vom spanischen Königspaar Amir und Almira erhalten hat, laut und rhythmisch spricht, übersetzt sie die Konnotationen der einzelnen Worte aus der Ausgangssprache in die musikalischen Äquivalente der jeweiligen Zielsprache.

Bleuciel entdeckte ihr Sprachkompositionstalent an einem Tag, an dem sie morgens um 9 Uhr schon zwei attraktive Männer gezählt hatte. In einem Café mit historischen Marionetten dankte sie der Kellnerin Marenille: „Merci Marenille pour la richesse des arômes de boisson au léger goût de café."* Bei dem Wort „richesse" hatte sie plötzlich verschiedene Tonfolgen im Ohr. Sie erzählte dies ihrem Musikerfreund Flavian, mit dem sie gerade ein neues Getränk ausprobiert hatte. Es war eine Mischung aus erdigem kongolesischem Kaffee, der mit japanischem Matschapulver und Schweizer Milch verfeinert wurde. Es dauerte eine Weile bis sie herausfanden, dass Bleuciel die Fähigkeit hatte, die Konnotationen der Wörter aller Sprachen in Töne zu übersetzen. Später sahen sie wie ein Heuwagen mitten durch die Hauptverkehrsstraße fuhr.

*Danke Marenille für den Aromenreichtum des Getränkes mit einem milden Kaffeegeschmack."

Bleuciel vient de commencer une journée tout au long de laquelle la pensée de la dernière nuit accompagnera ses compositions linguistiques. Alors qu'elle récite à haute voix et de manière rythmée le texte de changement qu'elle a reçu du couple royal espagnol Amir et Almira, elle traduit les connotations de chacun des mots de la langue source en équivalents musicaux dans la langue cible respective.

Bleuciel a découvert son talent de composition linguistique un jour où elle avait déjà compté deux hommes séduisants à 9 heures du matin. Dans un café aux marionnettes historiques, elle remercie la serveuse Marenille: «Merci Marenille pour la richesse des arômes de boisson au léger goût de café.» En entendant le mot «richesse», elle perçut soudainement des séquences de tonalités différentes. Elle raconta cela à son ami musicien Flavian, avec qui elle venait d'essayer une nouvelle boisson. Il s'agissait d'un mélange de café congolais au goût de terre, agrémenté de poudre matcha japonaise et de lait suisse. Il leur fallu un certain temps pour découvrir que Bleuciel avait la capacité de traduire les connotations des mots de toutes les langues en sons. Plus tard, ils virent un chariot à foin rouler au milieu de la route principale.

# Teil 2

# 2<sup>e</sup> partie

# Erlebnisebenen

Der zentrale Text ist ein rhythmisch gestalteter Gedanke zum Thema „Veränderung", der inhaltlich radikal und eindeutig zu sein scheint. Es wird erklärt, was es bedeutet „niemand" zu sein. Die Protagonisten leben dieses Konzept für die Zeit des bevorstehenden Botschafterevents.

> ➤ Bluette und Damien im Garten sowie Bleuciel und Flavian im Marionettencafé sind fachlich und analytisch fokussiert, obwohl die Umgebung dies nur bedingt vermuten lässt.
>
> ∴ Eine weitere Erlebnisebene ist die Sensualität als die Gesamtheit sinnlicher Erfahrungen, die im zweiten Teil dieses Buches in die Natur ausgelagert wird.
>
> ❖ Den Lesenden werden auch Anklänge an Märchenelemente angeboten, die immer wieder die Textabschnitte durchkreuzen und somit spontan erreichbar werden.

Neben den bereits erwähnten gibt es noch weitere Erfahrungswelten, auf die die Lesenden schauen können. Sie lesend/denkend selbst zu erkunden und sie für sich selbst, andere Menschen oder Bereiche zu definieren ist nur eine Möglichkeit, die der vorliegenden Text anbietet.

# Niveaux d'expérience

Le texte central est une pensée rythmique sur le thème du «changement» qui semble être radicale et sans ambiguïté en termes de contenu. Il est expliqué ce que signifie être «personne». Les protagonistes vivent ce concept pour la période de l'événement des ambassadeurs à venir.

- ➤ Bluette et Damien dans le jardin ainsi que Bleuciel et Flavian dans le café de marionnettes sont concentrés professionnellement et analytiquement, bien que l'environment ne le suggère que seulement conditionellement.
- ∴ Un autre niveau d'expérience est la sensualité, en tant que la totalité des expériences sensuelles, qui est externalisée dans la nature dans la deuxième partie de ce livre.
- ❖ Des échos d'éléments de conte de fées qui traversent à plusieurs reprises les sections de texte et deviennent ainsi spontanément accessibles sont également proposés aux lecteurs.

En plus de ce qui a déjà été mentionné, il y a d'autres mondes d'expériences que les lecteurs peuvent regarder. Les explorer en lisant/en pensant et en les définissant pour eux-mêmes, ou pour d'autres personnes ou d'autres domaines n'est qu'une possibilité que le présent texte offre.

Wenn Sie das Talent zum Schreiben haben, kommen viele Leute mit ihren Interessen auf Sie zu. Was werden Sie tun und wie setzen Sie es ein?

Quand vous avez le talent d'écrire, beaucoup de gens viennent à vous avec leurs intérêts. Qu'allez-vous faire et comment l'utilisez-vous?

Aus Bleuciels Haus dringen bisher nie gehörte Melodien.
Eine Melodie führt direkt in den spanischen Süden.

König Amir und Königin Almira küssen sich sieben Mal bei
den sieben Quellen am Waldesrand der Alhambra. In
deren Garten durchsetzen immergrüne Pflanzen duftende
Rosen-, Lilien- und Jasmingewächse in leuchtenden
Farben. Unweit grenzen Palmen in verschiedenen Größen
an drei kreisrunde flache Wasserbecken an, die mit
Fontänen bestückt sind. Auf einer blauen Steinumrandung
liegt im Schatten eines Orangenbaumes ein gerade
geschriebener Text:

Niemand erkennt Sie.
Man verkennt Ihren Namen
oder das, was Sie gestern waren.

Ihre Wahl ist ein Handel
im Wandel
(immer) Sie selbst oder niemand zu sein.

Pur zu sein oder vermischt in den Varianten der
Marktanforderungen und Zeiterfordernisse
unter der Premisse
der permanenten Révolution
in der Égalisation
des Vergangenen.

Wer niemand ist, nicht speziell ist oder auf etwas basiert,
ist interessiert
von jetzt auf gleich auf 100 zu schnellen,

sich vorzustellen
wie man sich komplett neu ausrichtet.
Irrtümer verkraftet,
indem man sie verhaftet,
um durchlässig zu sein,
sich auf Neues zu freuen.

Niemand erkennt Sie.
Man verkennt Ihren Namen
oder das, was Sie gestern waren.

„Wie ist der Text zustande gekommen?", fragt Damien Bluette, weil er den Auftrag bekommen hat, ihn als malerische Darbietung aufzuführen und dazu Hintergrundinformationen benötigt.

**Bluette:** Für den Botschafterempfang hatten Amir und Almira einen Text zum Thema „Veränderungen" geplant. Die einzelnen Länder hätten dann die Möglichkeit gehabt zu schildern, wie sie das Thema kulturell, sozial und historisch umgesetzt haben und dies auf die aktuelle politische Lage beziehen können.

Amir und Almira baten mich einen allgemeinen Text als Einleitung zu schreiben, ihn mit allen Botschaften abzustimmen.

**Damien**: So klingt dieser Text aber nicht".

**Bluette:** Bei der Abstimmung des Einleitungstextes überlegten die Botschaften eine nicht zu vage Sprache zu wagen. Zudem wollten sie in ihren Statements auch nicht einfach nur ihre bereits kommunizierte Politik durchdeklinieren und die üblichen Phrasen reproduzieren, sondern die besondere Atmosphäre der Alhambra miteinbeziehen.

**Damien lacht:** Was genau meinen Sie mit „die besondere Atmosphäre der Alhambra miteinbeziehen?" Das ist vage formuliert.

**Bluette lacht mit ihm:** Sie haben es sofort bemerkt. Was ich damit meine werden Sie als Maler sehr wohl wissen.

Der süßliche Duft der blauen Lotusblüte, die am Abend ihre Blüten schließt und sie unter Wasser taucht, am Morgen wieder auftaucht und sie öffnet, weht zu ihnen herüber.

Mit den Botschaften habe ich Konnotationen geklärt und versucht, das Konzept, das hinter „Veränderung" in den verschiedenen Ländern steht, aus psychologischer, sozialer, philosophischer, rechtlicher, historischer etc. Sicht zu verstehen. Wir fanden heraus, dass auch die Skalierung geläufiger Bewertungsbegriffe nicht ausreicht.

Wenn ich die Konnotationen verschiedener grundsätzlicher Begriffe berücksichtigt hätte, wären durch die Übersetzungen neue Texte entstanden. Schließlich soll der Inhalt ja auch die Adressaten erreichen.

Wir haben das Thema „Veränderung" also neu definiert und es wurde beschlossen den Veränderungstext als „opener" in rhythmischen Reimen, in einer Malperformance vor die Vorträge der Botschafter zu platzieren. Es wird zudem Impulsvorträge verschiedener Länder geben, in denen sie ‚Veränderung' speziell für ihr eigenes Land und auf einem viel komplexeren Niveau definieren, als wir es für unseren Veränderungstext zulassen konnten. Bleuciel wird die Konnotationen der verschiedenen Sprachen in Musik übersetzen."

Das fast schwarzfarbene Holz eines Rosenstengels glänzt in der Sonne. Er trägt eine ungewöhnliche Mischung aus einer rosaweißen Rose, die sich morgens und abends zu ihm neigt, damit sie sich sieben Mal küssen können.

Wir haben Bleuciel nicht nur für den musikalischen Übersetzungspart der Impulsvorträge eingebunden. Ihre Konnotationskomposition meines Ihnen bekannten rhythmisch vertexteten Veränderungsgedankens wird auch Ihre Malperformance musikalisch begleiten. Dazu und zu Ihren sicherlich noch offenen Fragen später mehr. Lassen Sie uns erst mal überlegen, wo genau wir Sie in diesem Garten am Eindrucksvollsten präsentieren können.

De la maison de Bleuciel proviennent des mélodies qui n'ont jamais été entendues jusqu'à présent. Une mélodie mène directement en Espagne du Sud.

Le roi Amir et la reine Almira s'embrassent sept fois aux sept sources à l'orée de la forêt d'Alhambra. Dans leur jardin, des plantes à feuilles persistantes aux couleurs vives poussent au milieu des roses, des lys et du jasmin parfumés. Non loin de là, il y a des palmiers de différentes tailles adjacents à trois bassins circulaires peu profonds équipés de fontaines. Sur une bordure de pierre bleue, à l'ombre d'un oranger, se trouve un texte qui vient d'être écrit:

Niemand erkennt Sie.
Man verkennt Ihren Namen
oder das, was Sie gestern waren.

Ihre Wahl ist ein Handel
im Wandel
(immer) Sie selbst oder niemand zu sein.

Pur zu sein oder vermischt in den Varianten der
Marktanforderungen und Zeiterfordernisse
unter der Premisse
der permanenten Révolution
in der Égalisation
des Vergangenen. Wer niemand ist, nicht speziell ist oder
auf etwas basiert, ist interessiert
von jetzt auf gleich auf 100 zu schnellen,

sich vorzustellen
wie man sich komplett neu ausrichtet.
Irrtümer verkraftet,
indem man sie verhaftet,
um durchlässig zu sein,
sich auf Neues zu freuen.

Niemand erkennt Sie.
Man verkennt Ihren Namen
oder das, was Sie gestern waren.

«Comment le texte est-il arrivé?» demande Damien à Bluette, qui a été chargé de l'exécuter en tant que représentation pittoresque et qui a besoin d'informations de fond.

**Bluette:** Pour la réception des ambassadeurs, Amir et Almira avaient prévu un texte sur le thème des «changements». Les différents pays auraient alors eu l'occasion de décrire comment ils ont mis en œuvre le sujet culturellement, socialement et historiquement et comment cela peut se rapporter à la situation politique actuelle.

Amir et Almira m'ont demandé d'écrire un texte général en tant qu'introduction, de le coordonner avec toutes les ambassades.

**Damien:** Ce n'est pas comme ça que ce texte sonne.

**Bluette:** Lorsqu'elles ont voté sur le texte d'introduction, les ambassades ont envisagé d'utiliser un langage pas trop vague. En outre, ils ne voulaient pas non plus simplement expliquer leur politique déjà communiquée dans différentes déclaration et reproduire les phrases habituelles, elles voulaient aussi inclure l'atmosphère particulière de l'Alhambra.

**Damien en riant:** Qu'entendez-vous exactement par «inclure l'atmosphère spéciale de l'Alhambra?» C'est formulé de manière vague.

**Bluette en riant:** Vous l'avez remarqué tout de suite. En tant que peintre, vous saurez très bien ce que je veux dire par là.

Le doux parfum de la fleur de lotus bleu, qui ferme ses fleurs le soir et les plonge sous l'eau, puis réapparaît le matin et les ouvrent, se répand vers eux.

J'ai clarifié les connotations avec les ambassades et essayé de comprendre le concept qui se cache derrière «changement» dans les différents pays d'un point de vue psychologique, social, philosophique, juridique, historique, etc. Nous avons constaté que la graduation des termes d'évaluation communs n'est pas suffisante non plus.

Si j'avais pris en compte les connotations de divers termes de base, les traductions auraient donné naissance à des textes nouveaux. Après tout, le contenu doit également atteindre les destinataires.

Nous avons redéfini le thème du «changement» et il a été décidé de placer le texte de changement comme «ouverture» dans des rimes rythmiques, dans une performance pittoresque avant les conférences des ambassadeurs. Il y aura également des exposés de stimulation de divers pays dans lesquels ceux-ci définiront le «changement» spécialement pour leur propre pays et à un niveau beaucoup plus complexe que nous avons pu le permettre pour notre texte de changement. Bleuciel traduira les connotations des différentes langues en musique.

Le bois presque noir d'une tige de rose brille au soleil. Il porte un mélange inhabituel d'une rose blanche et rose qui se penche vers lui le matin et le soir afin qu'ils puissent s'embrasser sept fois.

Nous n'avons pas seulement impliqué Bleuciel dans la traduction musicale des discours de présentation brefs. Sa composition de connotations de mon idée de changement écrite rythmiquement, que vous connaissez, accompagnera également votre performance pittoresque musicalement. Nous reviendrons plus tard sur ce sujet et sur les questions que vous avez certainement encore. Réfléchissons d'abord à l'endroit où nous pouvons vous présenter de la manière la plus impressionnante dans ce jardin.

**Plötzlich verstehen Sie. Einfach. Mühelos.**

**Tout à coup, vous comprenez. Facilement.
Sans effort.**

*Jemand hat einen Text auf die blaue Steinumrandung gelegt.*

*Bluette hebt den Text auf und setzt sich auf den Boden, um ihn zu lesen. Sie vermutet, dass Bleuciel ihn auf den Flügeln ihres Lachens dorthin gebracht hat. Er handelt von der Farbe Blau als Methapher für die Leichtigkeit des Wandels. Jetzt versteht Bluette auch, dass Amir und Almira die Steinumrandung, die auch im Text beispielhaft erwähnt wird nicht - wie in arabischen Gärten üblich  - terrakottafarben gelassen haben, sondern sie blau (französisch: „bleu") angestrichen haben.*

*Sie gibt Damien, der gerade in den Garten gekommen ist, den Text. „Aha! Das ist der Grund, weshalb ich meine Malperformance hauptsächlich mit blauer Farbe gestalten soll", versteht auch er sofort. „Dann weiß ich schon, wie ich meine Malperformance nenne:*

*bleurevie."*

Quelqu'un a placé un texte sur la bordure en pierre bleue.

Bluette ramasse le texte et s'assied sur le sol pour le lire. Elle suppose que Bleuciel l'a amené là sur les ailes de son rire. Il s'agit de la couleur bleue, qui est une métaphore pour la légèreté du changement. Maintenant, Bluette comprend aussi qu'Amir et Almira n'ont pas laissé la bordure en pierre, qui est mentionnée de manière exemplaire dans le texte, en couleur de terre cuite - comme c'est la coutume dans les jardins arabes - mais l'ont peinte en bleu.

Elle donne le texte à Damien qui vient d'arriver dans le jardin. «Bon! C'est la raison pour laquelle je suis censé concevoir ma performance pittoresque principalement avec la couleur bleue», dit-il en comprenant aussitôt. «Alors je sais déjà comment je vais appeler ma peinture:

bleurevie.»

**Teil 3**

**3e partie**

**Werden Sie Ihre kreative Kraft auf unerwartete Weise leben?**

**Allez-vous vivre votre force créative de manière inattendue?**

Bleuciel hatte gerade einen Tag begonnen, an dem der Veränderungstext sich inhaltlich und musikalisch selbständig gemacht hat.

„Niemand erkennt mich,
man verkennt meinen Namen
oder das, was ich gestern war", singt Bleuciels Konnotationskomposition auf ihre Weise. „Klingt fast als ob Sie ein Rumpelstilzchen sind", neckt ihn Bleuciel.

„Meine Wahl ist ein Handel
mit dem Wandel:
ich kann entweder immer ich selbst oder niemand sein.

"Wenn ich das Rumpelstilzchen wäre, würde ich den Wandel selbst als der Königinnen Kind ansehen und ihn ihr stehlen", springen Text und Komposition des Veränderungstextes nebeneinander übermütig auf Bleuciels hellblauem Federkernsofa fast bis zur Zimmerdecke.

„Immer Sie selbst oder niemand zu sein – nur diese beiden Varianten wären Ihnen doch sicher zu langweilig, oder?", möchte Bleuciel vom Veränderungstext wissen.

„Ich will manchmal pur sein und mich manchmal mit den Varianten der Marktanforderungen und Zeiterfordernisse mischen. Ich liebe Révolution!" und klatscht den komplett vertonten Text mit enormem Schwung an die einzige dunkelblau gestrichene Wand des Zimmers, so dass Noten und Buchstaben in einen schwer erkennbaren Papierfrosch zerfallen. „Das zum Thema Égalisation des Vergangenen", lacht der Geist des Veränderungstextes schallend – denn nur er ist mit den Buchstaben W und K übrig geblieben. Er nimmt die anderen am Boden liegenden Noten und Buchstaben, bewegt sie auf den Fensterspalt zu und lässt unförmige Buchstabenformationen einfach dort, wo sie gerade sind. Bleuciel fängt die neuen Buchstabenkonglomerate ab, verfasst neue Texte mit und aus ihnen heraus, übersetzt sie in Konnotationskompositionen und füllt sie in Blumenvasen mit Aladinaufkleber ab. „Das ist ein ganz verspielter Mix", freut sich Bleuciel, als sie das Ergebnis sieht. Der Geist des Veränderungstextes steht auf dem hellblauen Federkernsofa und deklariert:

> „Niemand erkennt mich,
> man verkennt meinen Namen
> oder das, was ich gestern war."

„Auch eine Möglichkeit, einen neuen Text samt Sprachkomposition zu kreieren", sagt Bleuciel amüsiert und schickt die Neuschöpfungen mit ihrem Lachen auf die Reise.

Bleuciel venait de commencer une journée au cours de laquelle le texte de changement est devenu indépendant en termes de contenu et de musique.

«Personne ne me reconnaît,
on méconnaît mon nom
ou ce que j'étais hier», chante à sa manière la composition de la connotation de Bleuciel. «On dirait presque que tu es un «Rumplestilzkin», le taquine Bleuciel.

«Mon choix est un commerce
en évolution:
Je peux être toujours moi-même ou bien être personne.

«Si j'étais Rumplestilzkin, je verrais le changement moi-même comme l'enfant de la Reine et je lui volerais», le texte et la composition du texte de changement sautent côte à côte sur le canapé de ressorts bleu clair de Bleuciel, presque jusqu'au plafond de la pièce.

«Être toujours vous-même ou être personne – avoir seulement ces deux variantes serait sûrement trop ennuyeux pour vous, n'est-ce pas?» Bleuciel aimerait connaître le texte de changement.

«Parfois, je veux être pur et parfois me mélanger aux variantes des exigences du marché et du temps. J'aime la révolution!» et fait claquer avec un élan énorme le texte entièrement mis en musique contre le seul mur peint en bleu foncé de la pièce, de sorte que les notes et les lettres se désintègrent en une grenouille de papier difficile à reconnaître. «Voilà ce qu'il en est de la «égalisation du passé», dit l'esprit du texte de changement avec un rire résonnant - parce que lui seul avec les lettres W et K est resté. Il ramasse les notes et les autres lettres couchées sur le sol, les déplace vers l'espace de fenêtre, et laisse simplement des formations de lettres non façonnées où elles sont. Bleuciel intercepte les nouveaux conglomérats de lettres, écrit de nouveaux textes avec et hors d'eux, les traduit en compositions de connotations et les remplit dans des vases de fleurs avec des autocollants Aladin. «C'est un mélange très ludique», se réjouit Bleuciel lorsqu'elle voit le résultat. L'esprit du texte de changement se dresse sur le canapé à ressort bleu clair et déclare:

> «Personne ne me reconnaît,
> on méconnaît mon nom
> ou ce que j'étais hier.

«C'est aussi une façon de créer un nouveau texte avec une composition linguistique», dit Bleuciel amusée et elle envoie les nouvelles créations en voyage avec son rire.

**Danke!**

**Merci!**

English version

You receive a new life as a gift. Where does it lead you?

'Bleurevie' sounds from Bleuciel de Sagesse's house with the light blue sign on which 'language composer' is written.

'Bleurevie' is a new word Bleuciel de Sagesse has just come across. The new word has made it to a text about the colour blue with her laugh. Bleurevie is now in a sentence in which it is asked why the edge of a new water basin in the southern Spanish garden of an Alhambra is not terracotta as usual but blue. 'What part of speech are you?', is bleurevie asked by a neighboring adjective. Bleurevie cannot answer the question and has slowly moved into another text while Bleuciel's laughing is slowly fading away.

'Where am I?', the word asks itself and finds itself in a very sensual text which alternates with a political speech. Before the new word is to be found in a comic it rests in this text:

'When you are looking forward to a place where you have to be nobody, you have found it right now.' Bleurevie finds itself in the middle of various words which are unknown to it. It quickly made itself known to them and could have stayed with them for the rest of its word life for really getting to know them.

Bleurevie is looking into the game of the comic words, in its mirror.

*The new word falls in love with a word of the comic. It was born on the planet Mercury and grew up there, too. Bleurevie looks at the Mercury word. However, it does not get in touch with it. Bleurevie is alone for the first time when the Mercury word is needed in a text. The blue stone edge sees how it reflects on something.*

*'How was I created? To which language, part of speech etc. do I belong? Does my meaning belong to e.g. a tradition of natural science? If so, to which one? What is the meaning of 'bleurevie'? Up to now my word creator has not paid attention to it again. Will I remain an occasionalism because I was invented and used only once to fill a language gap? Or do I manage to become a neologism because I will be used several times and will be registered in a dictionary?' Bleurevie decides to take its time to get to know the new world. To find out how a text is made. To get to know the life of the words that is invisible for the readers from the distance.*

*Further questions jump on bleurevie. 'Will I submit myself to the rules of the parts of speech in the texts and in the sentence structures, i.e. cooperate with them? Or do I prefer to live in line with my own rules, maybe in secret or remain an occasionalism after all?*

*Which contexts do I match by my meaning? How do I approach letter conglomerates? How do I intensify tangles of relationships? How do I not let connections happen? How do I create a distance and how do I move frontiers?*

*Will I even have the choice to decide this in the future?*
*Would I like to have it?*

*As in a comic, although bleurevie is not there any longer,*
*bleurevie's body generates many question marks from all*
*parts of its word body.*

**Because a word is more than a word**

## 'Connotations – irritations – confusions – consultations',

says Cederic. With a washable pen he writes the words on the breast of his friend Antoine. They laugh. On the balcony the dancer puts them into action in an artistic way. Cederic watches him and ponders how they relate to the word 'change'. A few minutes later, his definition of connotation is on a T-shirt that he has put onto a square mirror. He looks at the words from a distance.

On a round mirror he writes how 'change' is perceived in Tunisia and Belgium, the countries he currently lives. Antoine dances the Argentine variant of the term and its connotations, which Cederic wrote on another mirror.

Cederic considers the connotations that Argentines associates with the word 'change'.

He also remembers the individual connotations of the words which he found out in interviews. Cederic has done this for many other countries around the world in order to obtain a linguistic basis for an ambassadors' event in Southern Spain, with his research that addresses 'change'. He compiles a word field of this topic, does some researches on the current political situation in the countries which participate, studies the résumés of the speakers, anticipates the choice of topics, the questions of the audience, the answers of the speakers and puts together terms that he will not use for diplomatic reasons.

Antoine takes the round mirror, places it on the floor and integrates it into his performance. He looks at Cederic's words, translates them into a suitable musical style, then interpretes them in a dance, which adds an additional quality to his art. Antoine interprets the words extensively and comprehensively, which allows him to add or remove sharpness or blur.

Cederic compares Antoine's speed of translation with his speed as a simultaneous language mediator. He discovers that the openness and impartiality with which mediators adjust language to their respective counterparts is similar to that of the dancers when they turn an idea into reality.

The change text that the author Bluette wrote as the main text for the ambassadors' event also describes his role in this regard. In addition, he can identify very well with the thought of not being someone and just doing his job or being completely absorbed in it and being one with it on several days.

'You want to be
unseen
in the scene ',

Cederic realizes Antoine's allegory as he hands him a tiny rice waffle coated with Dulce de Leche which is a Latin American specialty on an oversized wall mirror so that it is barely visible (nearly unseen in the scene).

Cederic feels understood and he laughs away the efforts of the last few hours with Antoine.

He has learned that his clients even want to have the connotations translated. Uncommon, unusual, impossible? How would one properly take into account the connotations and get them to directly reach those present in their entirety ?

Somebody enters the room through the open balcony door out of the blue. It is Bleuciel de Sagesse.

Will you discover your unique talent?

Bleuciel has just started a day on which the thought of the night before would consistently accompany her language compositions. She translates the single words from the source language into the musical equivalents of the respective target language while she is speaking out the change text which she has received from the Spanish royal couple in a loud and rhythmic voice.

Bleuciel discovered her language composition talent on a day when she had already counted two attractive men at 9 a.m. in the morning. In a coffee shop with historical puppets she thanks the waitress Marenille: 'Merci Marenille pour la richesse des arômes de boisson au léger goût de café.'* The word 'richesse' caused several tone sequences in her ear. She told that to her musician friend Flavian with whom she just tried a new drink. It was a mixture of earthy Congolese coffee which was refined with Japanese matcha powder and Swiss milk. It took some time until they found out that Bleuciel had the ability to translate the connotations of the words of all languages into tones. Later they saw how a hay cart drove through the middle of the main road.

*'Thank you Marenille for the richness of the drink's flavours with a taste of mild coffee.'

# Part 2

# Levels of experience

The central text is a rhythmically designed thought on the topic 'change'. In terms of content it seems to be radical and unique. It is explained what it means to be 'nobody'. The protagonists live this concept for the upcoming ambassador event.

> ➤ Bluette and Damien in the garden as well as Bleuciel and Flavian in the puppet café are focused on topics in an analytical way. This can only be assumed with some reservations when regarding the surrounding area.

> ∴ Another level of experience is the sensuality as the sum of all sensual experiences which are outsourced to nature in the second part of this book.

> ❖ The reading persons are offered elements which are reminiscent to fairy tales. They cross paragraphs of text again and again and are within reach spontaneously, thus.

In addition to the already mentioned levels of experiences, there are still further ones the reading persons can look at. To get to know them for themselves, for other people or areas while reading and thinking about them is only one possibility the present text offers.

When you have a writing talent, many people will approach you with their interests. What will you do and how do you use it?

Melodies which have never been heard of get out of Bleuciel's house. One melody leads directly to the Spanish South.

King Amir and Queen Almira kiss seven times at the seven sources at the edge of the forest at the Alhambra. In their garden evergreen plants are interspersed with fragrant roses, lilies and jasmin plants in bright colours. Nearby palms in different sizes border on three circular flat water basins which are equipped with fountains. In the shade of an orange tree is a text on a blue stone surrounding that was just written:

Niemand erkennt Sie.
Man verkennt Ihren Namen
oder das, was Sie gestern waren.

Ihre Wahl ist ein Handel
im Wandel
(immer) Sie selbst oder niemand zu sein.

Pur zu sein oder vermischt in den Varianten der
Marktanforderungen und Zeiterfordernisse
unter der Premisse
der permanenten Révolution
in der Égalisation
des Vergangenen.

Wer niemand ist, nicht speziell ist oder auf etwas basiert,
ist interessiert
von jetzt auf gleich auf 100 zu schnellen,

sich vorzustellen
wie man sich komplett neu ausrichtet.
Irrtümer verkraftet,
indem man sie verhaftet,
um durchlässig zu sein,
sich auf Neues zu freuen.

Niemand erkennt Sie.
Man verkennt Ihren Namen
oder das, was Sie gestern waren.

'How was the text processed?', asks Damien Bluette as he has obtained the order to perform it as a painting performance and requires background information for it.

**Bluette:** Amir and Almira had planned a text on the subject 'change' for the ambassodors' reception. Then the individual countries would have had the possibility to explain how they would implement the topic in a cultural, social and historical way and how they could refer this to the current political situation.

Amir and Almira asked me to write a general text as an introduction, to align it with all embassies.

**Damien:** The text does not sound like that.

**Bluette:** During the cooperation of the introductory text the ambassies decided to dare a language which is not too vague. Moreover, they did not simply want to explain their already communicated policy with various declarations and communicate the usual phrases, but they wanted to include the special atmosphere of the Alhambra.

**Damien laughingly:** What exactly do you mean by 'include the special atmosphere of the Alhambra? That is formulated vaguely.

**Bluette laughing with him:** You have noticed it immediately. As a painter you will understand very well what I mean by that.

The sweet smell of a blue lotus flower is blowing over to them. It closes the flowers in the evening, dives them under water, comes to the surface in the morning and opens it.

I have clarified the connotations with the ambassies and I have tried to understand the concept behind 'change' in the different countries from a psychological, social, philosophical, legal, historial etc. point of view. We have found out that even the scaling of common evaluation terms was not sufficient, too.

When I had considered the connotations of various basic terms, new texts would have been produced. After all, the content shall reach the addressees.

So we have defined the topic 'change' anew and it was decided to place the change text in rhythmic rhymes in form of a painting performance before the ambassadors' lectures. Moreover, there will be keynote speeches of various countries in which they define 'change' in particular for their own country and on a much more complex level as we could allow it for our change text. Bleuciel will translate the connotations of the various languages into music.'

The nearly black coloured wood of a rose stem shines in the sun. It bears an unusual mixture of a pink white rose which bows to him in the morning and in the evening so that they can kiss seven times.

We did not only involve Bleuciel into the musical translation part of keynote speeches. Her connotation composition of the change thought you know which is written in rhymes will also accompany your painting performance, too. More later on more questions which you certainly have. First of all let us think about where exactly we can present yourself in this garden.'

**Suddenly you understand. Easily. Without effort.**

*Somebody put a text on the blue stone frame.*

*Bluett removes the text and sits down on the floor to read it. She assumes that Bleuciel has brought it there on the wings of her laughter. It is about the colour blue as a metaphor for the lightness of change. Now Bluette also understands why Amir and Almira have painted the stone frame which is mentioned as an example in the text in blue (in French 'bleu') and not coloured terra cotta as usual in Arabian gardens.*

*She gives the text to Damien who has just come into the garden. 'I see. This is the reason why I was asked to mainly shape my painting performance in blue colour', he suddenly understands. 'Then I already know how I will name my painting performance:*

*bleurevie.'*

# Part 3

Will you live your creative power in an unexpected way?

Bleuciel has just started a day on which the change text made itself independent concerning content and music.

'Nobody knows me,
my name is ignored
or what I was yesterday', sings Bleuciel's connotation composition on its way. 'It nearly sounds as if you are the Rumpelstilskin', Bleuciel teases it.

'My choice is a trade
with the change
I can either always be myself or nobody.'

'If I were Rumpelstilskin, I would regard change itself as the Queen's child and steal it.' Side-by-side text and composition are jumping in a highly spirited way on Bleuciel's light blue spring-core settee almost to the ceiling.

'Always be yourself or be nobody – it would be too boring for you, if you only had these two alternatives, wouldn't it?', Bleuciel would like to know from the change text.

'Sometimes I want to be pure and sometimes I want to mix with the market demand's varieties and time requirements. I love revolution!' and smashes the text which is completely set to music with enormous swing on the only wall in the room which is painted in dark blue, so that the notes and letters resolve into a paper frog which can hardly be identified. 'This is on the subject 'equalization of the past', laughs the spirit of the change text resoundingly – as it is the only one that is left with the letters W and K. It takes the notes and the other letters which are on the floor, moves them to the window slit and lets the shapeless letter formations just where they are at this moment. Bleuciel catches the new letter conglomerates, writes new texts with them and out of them, translates them into connotation compositions and fills them in flower vases with Aladdin stickers. 'What a playful mix this is', Bleuciel is pleased when she sees the result. The spirit of the change text is on the light blue spring-core sofa and declares:

> 'Nobody knows me,
> my name is ignored
> or what I was yesterday.'

That is also a possibility to create a new text including language composition', says Bleuciel in an amused way. With her laugh she sends the new creations on the journey.

Thank you!

Dolmetsch- und Übersetzungsdienst
Marion Wolters
Geprüfte Dolmetscherin Englisch

+++ Wirtschaft +++ Politik +++ Medien
+++ Energie +++ Literatur +++

VOM GLEICHEN AUTOR
DU MÊME AUTEUR
BY THE SAME AUTHOR


Allegoria Allegria, 2012
hermetische Texte, textes hermétique, hermetic texts

Comme Schönheit influences la paz, 2015
experimentelle Texte, textes expérimentaux, experimental
texts

Comme Schönheit influences la paz – Arbeitsbuch, 2015
manuel, working book

Interspaceinterestinterface, 2016
surrealistische Texte, textes surréaliste, surrealistic texts

parcourlet, 2017
Erfindung einer neuen Sportart, invention d'un nouveau sport,
invention of a new sport

Tiaré? Entrez!, 2018
physikalische/chemische Themen, thèmes
physiques/chimiques, physical/chemical topics

Sunlight point, 2019
ontologische/tanzbare Texte, texte ontologiques/dansant,
ontological/dancable texts

apercevoir et sourire, 2019
Recherchen, recherché, investigations

Journalismus in der digitalen Verbreitung, 2019
journalistische Texte, textes journalistiques, journalistic texts

Fougère, verre..., 2020
biologische Themen, thèmes biologiques, biological topics